L'AMOUR FILIAL

Paris. — Imprimerie de L. MARTINET, rue Mignon, 2.

L'AMOUR FILIAL

COMÉDIE EN TROIS ACTES

PAR

Mlle M. CADART

Seconde édition.

PARIS

LEDOYEN	DENTU
Galerie d'Orléans, Palais-Royal.	PALAIS-ROYAL.

LONDRES

ROLANDI, 20, Berners street.

1859

PERSONNAGES.

M. GIRANDIÈRE, avocat.

Mme GIRANDIÈRE, sa femme.

MARIE, fille aînée de M. et Mme Girandière.

CLAIRE, jeune sœur de Marie.

VIRGINIE,
MATHILDE, } amies de Marie.

LAURE,
CLÉMENCE, } amies de Claire.

Mme DARLANCOURT, maîtresse de pension de Claire.

JOSÉPHINE, femme de chambre de Marie.

JEAN,
CHARLOTTE, } domestiques de M. Girandière.
ROSALIE,

M. PHILIPPE, bijoutier.

UN HUISSIER.

UN CLERC.

DEUX GARDES DU COMMERCE.

L'AMOUR FILIAL

ACTE PREMIER.

La scène est à Paris, dans le salon de M. Girandière.

SCÈNE I.

M. GIRANDIÈRE, seul.

M. GIRANDIÈRE.

Je suis fou ! (Il s'arrête.) Comment leur apprendre ? (Il remarche.) Il le faut ! (Il s'arrête encore.) Oui ! il le faut ! (Il joint les mains.) Pauvre Sophie ! c'est à toi que je pense, c'est à tes filles !... Depuis longtemps elle m'a averti. (Il marche à petits pas.) Si je l'avais écoutée. (Il prête l'oreille à un chant qu'on entend dans une salle voisine ; la voix approche, on entend des pas, il va à la porte.) C'est Marie... Quel air heureux ! (Il revient.) Je lui dirai tout, pauvre enfant !

SCÈNE II.

M. GIRANDIÈRE, MARIE. (Elle entre gaiement et prend le bras de son père.)

MARIE.

Je ne vous croyais pas ici, papa. Qu'avez-vous ?

1.

vous tremblez. (Elle le regarde d'un air inquiet.)
Ah ! parlez !...

M. GIRANDIÈRE.

Chère enfant, ma fille, mon amie. (A part.) Dois-
je lui apprendre ?...

MARIE. (Elle lui prend la main et pleure.)
Papa !

M. GIRANDIÈRE. (Il la baise au front.)

Cher ange, aie pitié de ton père, ne pleure
pas.... écoute-moi avec courage.

MARIE.

De grâce !... qu'y a-t-il ?

M. GIRANDIÈRE.

Je vais te le dire, et tu iras tout apprendre à
ta mère. (A part.) C'est trop ! (Il pose la main de sa
fille sur son cœur, ses jambes fléchissent ; Marie le
fait asseoir et l'arrose de ses larmes.) Quelle peine
je te cause, mon enfant !

MARIE.

Je vous en prie, ouvrez votre cœur à votre fille.

M. GIRANDIÈRE.

Tu as des talents, mon enfant, et il faudra
que...

MARIE, l'embrassant.

Grâce à vos bontés, j'en possède quelques-uns,
et, s'il le faut, je les utiliserai.

M. GIRANDIÈRE.

Oui, mon enfant; il le faudra, car... nous sommes ruinés. (Il se frappe le front.)

MARIE.

Courage, mon père, vous avez une fille dévouée.

M. GIRANDIÈRE.

Demain il nous faut quitter notre pays, mieux vaudrait aujourd'hui. (On entend du bruit, il se lève.) On vient. (Il va ouvrir la porte de son cabinet.) Je ne suis pas visible, mon enfant. (Il entre dans son cabinet; Marie, toute tremblante, se dirige du côté où l'on a entendu parler; elle écoute.)

SCÈNE III.

MARIE, revenant.

MARIE.

Ce ne sont que des domestiques. (Elle pleure.) Comme il a l'air inquiet! Qui craint-il? qui attend-il? Que faire? que devenir? Pauvre père!... (Elle essuie ses larmes.) Pauvre mère!... J'utiliserai mes faibles talents à leur rendre la vie aussi douce que je pourrai. (Elle se dirige vers la porte du cabinet de son père.) Je vais tranquilliser mon père, ensuite j'irai tout apprendre à maman.

SCÈNE IV.

MARIE, Mme GIRANDIÈRE. (Elle entre par la
porte du fond.)

MARIE.

Ah ! vous voilà.

Mme GIRANDIÈRE.

C'est ton père que je croyais trouver ici. (Elle
recule effrayée à la vue des traits altérés de sa fille.)
Marie ! (Elle lui prend les mains.) Qu'as-tu ? tu as
pleuré, tu pleures encore, réponds-moi...

MARIE.

Je viens d'avoir un entretien avec papa, qui...

Mme GIRANDIÈRE.

Ma fille ! mon enfant ! Ah ! parle....

MARIE.

Un malheur vient de nous arriver, maman.

Mme GIRANDIÈRE.

Un malheur ! (A part.) Je devine. (Haut.) Ton
père est dans son cabinet, n'est-ce pas ?

MARIE.

Oui, maman.

Mme GIRANDIÈRE.

J'y vais. (Elle s'approche de la porte.)

MARIE arrête sa mère.

Permettez, maman, que j'aille lui dire que vous
le désirez ; car j'ai à lui parler une seconde.

Mme GIRANDIÈRE.

Va, mon enfant. (Elle tombe sur le sofa, et Marie entre dans le cabinet.)

SCÈNE V.

Mme GIRANDIÈRE, seule.

Mme GIRANDIÈRE.

Oui ! nous sommes ruinés. Je savais que mon pauvre mari aurait été la dupe de sa bonne foi. (Elle pleure.)

SCÈNE VI.

Mme GIRANDIÈRE. MARIE, revenant du cabinet de son père, va prendre la main de sa mère, et la baise.

MARIE.

Tendre mère, c'est à moi à vous annoncer le coup qui nous frappe : papa n'en a pas la force.

Mme GIRANDIÈRE.

Mon enfant, je te comprends, tu as à m'apprendre notre ruine. (Elle serre Marie sur son cœur.)

MARIE.

Hélas ! mais consolez-vous, vous avez une fille pour soutien ; je travaillerai.

Mme GIRANDIÈRE.

Ma pauvre enfant, je connais ton cœur. (Elle se lève, ainsi que Marie.) Viens consoler ton père, et sachons nous résigner à tout. (On entend au dehors un bruit confus de voix et de pas.)

MARIE ouvre la porte du cabinet.

On vient. (Elle écoute.) Allez auprès de papa, chère maman, j'irai voir qui arrive. (Mme Girandière entre dans le cabinet, Marie ferme la porte et va regarder à la fenêtre.)

SCÈNE VII.

MARIE, seule. Elle est toute tremblante.

MARIE.

Des hommes!... Ils ont des papiers sous le bras! Que viennent-ils faire ici? (Elle s'assied et prend un ouvrage qu'elle chiffonne. Les voix approchent ; elle se lève et se dirige vers la porte du cabinet.) Il faut que j'aille avertir papa.

SCÈNE VIII.

MARIE, JEAN. (Il arrive l'air inquiet près de Marie, qui ouvre la porte du cabinet.)

JEAN.

Mademoiselle.

MARIE referme la porte.

Eh bien ! Jean ?

JEAN.

Quatre hommes demandent à parler à monsieur.

MARIE.

Dis-leur qu'il n'est pas visible. (Elle rouvre la porte.)

JEAN.

Bien, mademoiselle... Mais... c'est que.....

MARIE referme la porte.

On dirait que tu as peur.

JEAN.

Non, mademoiselle ; mais.....

MARIE.

Va leur apprendre ce que je t'ai dit.

JEAN.

Quoi donc, mademoiselle ?

MARIE.

Dis-leur que ton maître n'est pas visible.

JEAN.

Très bien, mademoiselle. (Il sort.)

MARIE.

Quatre hommes ! (Elle ouvre la porte.) Je n'en ai vu que deux. (Fausse sortie ; elle rencontre sa mère à la porte.)

SCÈNE IX.

MARIE, Mme GIRANDIÈRE. (Elle prend sa fille
par la main.)

Mme GIRANDIÈRE.

Il est parti. (Elle va s'asseoir sur le sofa avec Marie.)

MARIE.

Où ? et comment ?

Mme GIRANDIÈRE.

Il est parti pour le Havre, où il s'embarquera
pour l'Angleterre.

MARIE, pleurant.

Pauvre père ! Maman, quatre hommes sont là
qui demandent à lui parler.

Mme GIRANDIÈRE.

Ce sont des hommes de loi, il les attendait. (On
entend du bruit.)

MARIE, se levant.

Ils viennent.

Mme GIRANDIÈRE, se levant aussi.

Écoute, mon enfant. (Elles écoutent.)

1er GARDE DU COMMERCE, dans la salle voisine.

Il faut que nous le voyions.

JEAN, toujours dans la salle voisine.

Attendez, ma maîtresse va venir.

2ᵉ GARDE DU COMMERCE.

Nous ne pouvons attendre plus longtemps.

L'HUISSIER.

Il faut que nous exécutions les ordres qu'on nous a donnés. (Les quatre hommes entrent ; Jean les suit et vient se placer près de ses maîtresses.)

SCÈNE X.

Mᵐᵉ GIRANDIÈRE, MARIE, JEAN, LES DEUX GARDES DU COMMERCE, L'HUISSIER ET SON CLERC. (Ces deux derniers jettent un coup d'œil sur les objets qui se trouvent dans la salle, s'asseient à la table et préparent ce qu'il faut pour écrire.)

1ᵉʳ GARDE DU COMMERCE, à Mᵐᵉ Girandière.

Votre mari est chez lui, n'est-ce pas, madame ?

Mᵐᵉ GIRANDIÈRE, s'asseyant.

Mon mari est absent. (Marie pleure.)

2ᵉ GARDE DU COMMERCE, parcourant la salle et jetant çà et là des regards curieux

Absent ! Ah ! bah ! ils sont toujours absents... mais nous le trouverons.

1er GARDE DU COMMERCE, apercevant la porte du cabinet.

Ouvrons la porte de cette chambre. (Ils ouvrent la porte.)

2e GARDE DU COMMERCE.

Oui, et entrons-y. (Ils entrent dans le cabinet; l'huissier et son clerc se parlent à voix basse.)

Mme GIRANDIÈRE, à Marie, qui lui tient la main.

Mon enfant, viens, je désire me retirer.

JEAN, à ses maîtresses.

Je veillerai à tout. (Mme Girandière sort appuyée sur le bras de sa fille, et dit à Jean quelque chose à voix basse.)

SCÈNE XI.

JEAN, L'HUISSIER ET SON CLERC. (Jean croise les bras et reste quelques instants sans parler; enfin il s'approche de l'huissier et de son clerc, qui font l'inspection de la salle.)

JEAN.

Que regardez-vous? et que désirez-vous?

L'HUISSIER.

Hélas! nous voudrions bien ne pas avoir une si triste mission à remplir. C'est une saisie que nous faisons.

LE CLERC.

L'air affecté de votre maîtresse, les larmes de sa fille, tout vient ajouter à ce que notre ministère a de pénible.

JEAN, poussant un profond soupir.

Que font les autres dans le cabinet de mon maître?

L'HUISSIER.

N'y est-il pas?

JEAN.

Il n'est pas à Paris.

L'HUISSIER, à son clerc.

Dans ce cas, ils n'ont rien à faire par là.

LE CLERC.

Allons-y. (L'huissier entre dans le cabinet; son clerc le suit, après avoir pris ses papiers.)

SCÈNE XII.

JEAN, seul, tout stupéfait. Il reste un instant en silence, ensuite il va écouter à la porte du fond et il revient près de celle du cabinet.

JEAN.

Je n'y comprends rien. (Il marche à grands pas.) Je n'ai pas confiance en ces deux gardes du commerce; ils sont peut-être partis par la porte de derrière. J'espère que mon maître est déjà hors de leurs atteintes. (On entend du bruit, il écoute à la porte.) Quel vacarme! (Il entr'ouvre la porte.) En voilà de ces ah! ah! Que peuvent-ils faire? (Le bruit redouble.) Ils se disputent, ils se battent. (Il ouvre entièrement la porte.) Voyons, voyons, que j'aille mettre la paix. (Il entre.) Holà! holà! (On entend un bruit confus de voix, de chaises et de tables renversées. Jean revient portant une petite cassette paraissant assez lourde. Le bruit a cessé. Jean boite, ses cheveux sont en désordre et son front est tout bleu.) Ouf! ouf! ouf! je n'en puis plus, ils m'ont brisé les os; mais, en revanche, je les ai à moitié tués: jamais je n'ai été si fort... Les gueux! (Il montre le poing.) Ils voulaient voler cette cassette; je l'ai; oui! je la tiens. Elle renferme sans doute quelque chose de précieux, je vais la porter à mes maîtresses. (Il va pour sortir par la porte du fond, où il rencontre Charlotte.)

SCÈNE XIII.

JEAN, CHARLOTTE.

CHARLOTTE.

Jean, venez tout de suite, madame désire vous parler.

JEAN.

Je me rendais auprès d'elle.

CHARLOTTE.

Elle a vu partir par la porte cochère l'huissier et son clerc, ensuite les deux autres, qui avaient l'air bien en désordre.

JEAN, tirant Charlotte par le bras.

Je les ai à moitié assommés.

CHARLOTTE, le regardant attentivement

Que dites-vous?

JEAN.

Ce sont des voleurs ! j'aurais voulu les tuer tout à fait.

CHARLOTTE.

Comme vous voilà fait ! que portez-vous donc là?

JEAN, pesant la cassette.

C'est la cassette qu'ils se disputaient.

CHARLOTTE.

Vous avez été plus fort qu'eux?

JEAN.

J'avais une force d'Hercule... il est vrai que nous étions trois contre deux.

CHARLOTTE.

Si cette cassette ne renferme rien ?

JEAN.

Elle est lourde, elle est fermée avec soin ; ainsi elle renferme quelque chose.

2.

CHARLOTTE.

Laissez-la ici un moment, et venez parler à madame.

JEAN.

Oui, et je ne parlerai de cette cassette à mes maîtresses qu'après leur avoir raconté la scène. (Ils sortent.)

SCENE XIV.

MARIE, seule; elle sort du cabinet en pleurant.

MARIE.

Que s'est-il passé? et où est Jean? Le cabinet est sens dessus dessous et je ne puis trouver ma cassette. (Elle marche en pleurant.) Hélas! mes économies nous auraient suffi à aller rejoindre papa en Angleterre. (Elle essuie ses larmes et heurte le pied contre la cassette.) Ha! (Elle recule.) Comment peut-elle se trouver ici? (Elle prend la clef dans sa poche et l'ouvre.) C'est mon bien. (Elle en tire une boîte et une bourse; elle entend marcher, elle fait quelques pas.)

SCÈNE XV.

MARIE, JEAN.

JEAN.

Madame vous cherche partout. (Il aperçoit la cassette ouverte, il s'en approche.) Tiens...

MARIE.

Mon cher Jean, peux-tu me dire par quel hasard ma cassette se trouve ici?

JEAN.

Que c'est drôle! elle vous appartient?

MARIE.

Oui! elle renfermait mes économies. (Elle lui montre la bourse.) Avec ça, mon bon Jean, tu pourras voyager avec nous. Dis-moi, sais-tu qui l'a apportée ici?

JEAN.

Tout ce que je sais, c'est qu'elle était bien lourde.

MARIE.

C'est toi qui as sauvé mes épargnes? Merci, Jean, mille fois merci!

JEAN.

Je ne savais pas avoir eu ce bonheur.

MARIE, regardant le front de Jean.

Je suis sûre qu'elle t'a valu des coups; tu as le

front meurtri. Le désordre du cabinet de papa, la fuite de ces hommes, tout cela m'annonce une querelle ; viens me conter, près de maman, ce qui s'est passé...

JEAN, posant la cassette sur la table.

Madame sait tout.

MARIE.

Déjà. (Elle marche vers la porte avec Jean.) Comme tu boites, mon pauvre Jean. (Ils sortent.)

SCÈNE XVI.

CHARLOTTE, seule ; elle met le salon en ordre.

CHARLOTTE.

- Pour la dernière fois je mets les pieds dans cette salle, quel malheur de quitter de si bonnes maîtresses ! (Elle aperçoit la cassette.) Je voudrais bien savoir ce qu'elle contient. (A la cantonade, à Rosalie qui arrive.) Venez, il n'y a personne.

SCÈNE XVII.

CHARLOTTE, ROSALIE.

ROSALIE.

Que faites-vous au salon ?

CHARLOTTE.

Je viens de lui rendre mes derniers services.

ROSALIE.

Madame vient de me dire en pleurant que nous devons la quitter demain matin.

CHARLOTTE.

Hélas! je m'attendais à cette triste nouvelle.

ROSALIE.

Jean partira avec nos maîtresses.

CHARLOTTE.

Est-il heureux de ne pas les quitter !

SCÈNE XVIII.

CHARLOTTE, ROSALIE, MARIE. (Elle arrive par la porte du fond; les domestiques veulent se retirer.)

MARIE.

Restez, je veux vous parler. Vous savez déjà, mes bonnes amies, que vous serez obligées de quitter la maison demain matin; nous partons avec Jean à huit heures. (Les deux femmes se mettent à pleurer.) Vous irez dans la chambre de maman après le souper, afin qu'elle règle vos comptes.

ROSALIE.

Mais...

CHARLOTTE.

Mademoiselle... Si...

MARIE, s'asseyant.

Je vous comprends, vous me faites mal... Allez faire vos petits préparatifs. (Rosalie sort en pleurant.)

SCÈNE XIX.

MARIE, CHARLOTTE.

CHARLOTTE.

N'y a-t-il rien pour votre service, mademoiselle ?

MARIE.

Non, merci, Charlotte. (Charlotte sort.)

SCÈNE XX.

MARIE, seule; elle ouvre son pupitre.

MARIE.

Vite que j'écrive à madame Darlancourt. (Écrivant.) Quelle peine ma pauvre petite sœur aura de la quitter ! (Elle essuie quelques larmes et cachette sa lettre.)

SCÈNE XXI.

MARIE, Mme GIRANDIÈRE.

Mme GIRANDIÈRE.

Mon amie, as-tu écrit à madame Darlancourt ?

MARIE.

Oui, maman; mais ne ferais-je pas mieux d'y aller moi-même?

Mme GIRANDIÈRE, s'asseyant.

Je n'osais te le demander, mon enfant, et j'allais envoyer Jean; mais puisque tu t'en sens la force, vas-y, tu lui diras tout, et je sais qu'elle viendra nous dire adieu en nous ramenant la petite sœur. (Elle pleure.)

MARIE.

J'y vais à l'instant, maman. (Elle baise sa mère au front.) Ne pleurez pas. (Elle sort en essuyant ses larmes.)

SCÈNE XXII.

Mme GIRANDIÈRE, seule.

Mme GIRANDIÈRE.

Non ! je ne dois pas pleurer, puisque je possède un tel trésor. (Prenant la lettre qui est sur le pupitre.) Cette chère dame apprendra nos malheurs avec bien de la peine.

SCÈNE XXIII.

Mme GIRANDIÈRE. JEAN, entrant avec précaution.

JEAN.

Madame, la personne que vous avez fait demander est arrivée et attend vos ordres pour ce qui concerne votre départ.

Mme GIRANDIÈRE, se levant.

Je suis à elle tout de suite. (Jean sort, Mme Girandière ferme le pupitre et sort aussi.)

———————

ACTE DEUXIÈME.

—

La scène est à Londres, dans la maison
de M. Girandière.

—

SCÈNE I.

MARIE, seule. Elle peint à une table.

MARIE.

Il faut que je le finisse pour demain. (Elle pré-
pare ses couleurs. On frappe.) Entrez.

SCÈNE II.

MARIE, JEAN.

JEAN.

Mademoiselle !

MARIE, continuant de peindre.

Oui.

JEAN.

Mademoiselle...

MARIE, le regardant.

Que veux-tu, Jean ?

JEAN.

Ne devinez-vous pas?

MARIE.

De l'argent, n'est-ce pas? (Elle soupire.)

JEAN, soupirant aussi.

Hélas! il faut du vin pour madame.

MARIE, joignant les mains.

Mon pauvre Jean!... où est papa? et comment se trouve maman?

JEAN.

Madame repose, mademoiselle, son sommeil paraît bien calme.

MARIE.

Tant mieux!

JEAN.

Quant à mon maître, il est sorti depuis long-temps, après avoir reçu une lettre de France.

MARIE.

La lui as-tu vu lire?

JEAN.

Non, mademoiselle; mais je l'ai vu sortir un quart d'heure après.

MARIE.

Où peut-il être allé sans nous rien dire?

JEAN.

Ne soyez pas inquiète, mademoiselle, il va rentrer.

MARIE.

S'il était parti pour la France?

JEAN.

Impossible, mademoiselle, il s'exposerait trop.

MARIE.

Tu le connais, Jean.

JEAN.

Je sais qu'il est bien fatigué de vivre dans ce pays; il m'a encore dit hier que cette année lui a paru un siècle.

MARIE.

Il est vraiment plus à plaindre que nous, et il serait encore plus malheureux s'il savait que nous sommes sans argent.

JEAN.

Surtout s'il savait que vous travaillez tant, mademoiselle.

MARIE.

Et ma pauvre mère! nous l'oublions... Sais-tu où demeure ce bijoutier qui est venu ici la semaine dernière?

JEAN, d'une voix bien triste.

Oui, mademoiselle, il demeure au n° 60, et il s'appelle Philippe.

MARIE.

Va lui dire de venir me parler tout de suite.

JEAN.

Ah! mademoiselle, je vois ce que vous allez encore faire...

MARIE.

Va, Jean, il faut du vin pour ma mère; je ne veux pas qu'elle s'en passe; ce tableau sera bientôt fini, et nous aurons de l'argent.

JEAN.

Je vais donc chercher M. Philippe. (Il sort en soupirant.)

SCÈNE III.

MARIE, seule. Elle reprend son pinceau.

MARIE.

Je ne me coucherai pas que je n'aie terminé ce tableau; si je n'avais pas été malade, mes économies ne seraient pas épuisées; mais, à présent, je peux gagner de l'argent... Où mon père peut-il être parti? (Elle réfléchit. On frappe.) Entrez!... Si c'est déjà M. Philippe, c'est que Jean l'a rencontré.

SCÈNE IV.

MARIE. M. PHILIPPE, s'approchant de Marie, le chapeau à la main et faisant force salutations.

M. PHILIPPE.

Je me rends à vos ordres, mademoiselle.

MARIE, détachant sa broche.

J'ai une broche à vous vendre (la lui donnant) ; combien l'estimez-vous?

M. PHILIPPE, l'examinant.

Elle vaut vingt-cinq francs, mademoiselle.

MARIE.

Pas davantage?...

M. PHILIPPE.

Pas en Angleterre, mademoiselle. (Il fait mine de rendre la broche à Marie.)

MARIE.

Gardez-la.

M. PHILIPPE met la broche dans sa poche et remet une pièce d'or à Marie.

Voilà, mademoiselle. (Il salue.) Quand vous désirez mes services, vous n'avez qu'à me faire demander.

MARIE, posant la pièce d'or sur la table.

Très bien, monsieur.

M. PHILIPPE.

Je vous salue, mademoiselle.

MARIE.

Adieu, monsieur. (M. Philippe sort en faisant encore un salut. Marie l'accompagne jusqu'à la porte.)

SCÈNE V.

MARIE, seule. Elle se dirige vers la porte de la
chambre de sa mère.

MARIE.
Je peux aller la voir à présent. (Elle sort.)

SCÈNE VI.

JEAN, seul. Il a frappé trois fois à la porte, il entre
doucement et pose une bougie allumée sur la table.

JEAN.
Mademoiselle est sans doute auprès de sa mère.
(Il tire une lettre cachetée de sa poche.) Que peut-elle
renfermer?... Mon maître ne va donc pas revenir,
puisqu'il écrit. (Il tire une autre lettre décachetée
de sa poche.) Voyons si j'ai bien compris la
mienne (la dépliant et la lisant très doucement) :

« Mon cher Jean,

» Tu remettras cette lettre à Marie.

» Adieu,

» GIRANDIÈRE. »

SCÈNE VII.

JEAN, MARIE.

MARIE.

Nous pouvons avoir du vin pour maman ; mais elle ne le veut pas tout de suite.

JEAN.

Très bien, mademoiselle. (Il donne la lettre à Marie.) Voici une lettre pour vous.

MARIE, prenant vivement la lettre.

De papa ! (Elle la lit à voix basse et tremble.)

JEAN, d'un air inquiet.

Mademoiselle !... (On entend sonner neuf heures. Marie va voir si la porte de la chambre de sa mère est bien fermée, et revient près de Jean.)

MARIE.

Je vais te la lire, écoute. (Jean écoute en se serrant les mains.)

« Ma chère enfant,

» Je suis sorti à onze heures, croyant être de retour à midi ; mais une affaire de la plus haute importance m'oblige à me rendre à Paris sans retard. On me veut encore du mal ; cependant mon ami a tout espoir que je gagnerai mon procès. Je ne veux pas adresser cette lettre à ta mère,

parce que je crains de la saisir. Embrasse-la pour
moi, ainsi que ta petite sœur.

         » Ton affectionné père,

            » GIRANDIÈRE. »

JEAN, soupirant.

Ah ! mademoiselle.

MARIE.

Il est neuf heures ; ainsi il est en France....
Cette lettre m'inquiète, Jean.

JEAN.

Monsieur n'aurait pas dû aller en France avant
de connaître le résultat de son procès.

MARIE.

Il me semble qu'il nous cache quelque chose...

JEAN.

Non, mademoiselle ; mais il s'expose.

MARIE, écoutant.

J'entends ma mère. (Elle entre dans la chambre
de sa mère.)

SCÈNE VIII.

JEAN, seul.

JEAN.

Mon maître est peut-être parti trouver ce monsieur Ruche, ce voleur qui est la cause de tout

ce que mes maîtresses souffrent ; je ne serais pas étonné s'ils se battaient en duel, mais le coupable serait puni.

SCÈNE IX.

JEAN, MARIE, les yeux pleins de larmes.

MARIE.

Je ne puis t'exprimer ce que maman a éprouvé en entendant la lecture de la lettre ; cependant elle n'a pas mes craintes, et tant mieux !

JEAN.

S'il gagne son procès, tout ira bien, mademoiselle.

MARIE, près de son tableau

Je ne me coucherai pas, Jean, je finirai mon ouvrage. (Elle s'assied.)

JEAN.

Mademoiselle, vous avez tort, vous retomberez malade.

MARIE.

Je suis forte à présent, je puis travailler.

JEAN.

Mademoiselle...

MARIE, préparant ses couleurs.

Maman prendra du vin chaud dans une demi-heure, tu lui en prépareras un bon verre, afin qu'elle puisse bien dormir; tu ne lui diras pas que je passerai la nuit. (Elle prend la pièce d'or.) Tiens, Jean.

JEAN, avec tristesse.

Et vous, mademoiselle, que prendrez-vous ?

MARIE.

Tu m'apporteras une tartine, et un peu de lait, si tu en as. Va, mon bon Jean, va, il est tard; quant à moi, je vais mettre toute mon ardeur à mon travail, j'ai souhaité le bonsoir à maman. (Dix heures sonnent.)

JEAN.

Voilà dix heures, il faut que je me dépêche. (Il sort.)

SCÈNE X.

MARIE, seule.

MARIE.

Dix heures! et Claire n'est pas encore de retour. (Elle peint.) Il est vrai que quand elle va chez son amie, c'est pour des heures... (On entend marcher.) Ah ! la voilà.

SCÈNE XI.

MARIE, CLAIRE.

CLAIRE, courant embrasser sa sœur.

Bonne sœur, n'étais-tu pas inquiète ?

MARIE.

Oui, mon ange, car il est tard.

CLAIRE.

Cette bonne madame Lelierre n'a pas voulu me laisser partir avant le souper.

MARIE.

Comment se porte cette chère dame?

CLAIRE, posant son chapeau sur une chaise.

Elle est en parfaite santé, elle m'a priée de te dire mille choses aimables, ainsi qu'à papa et à maman.

MARIE.

Elle est bien bonne, vraiment!

CLAIRE.

Elle m'a chargée de t'apprendre qu'elle a reçu de bonnes nouvelles de son fils.

MARIE.

Comme elle doit être heureuse!... Il est temps que tu ailles te coucher, mon enfant; prends ton chapeau et va souhaiter le bonsoir à maman.

CLAIRE, prenant son chapeau.

Comment se porte-t-elle ce soir?

MARIE.

Je la trouve mieux, chère enfant.

CLAIRE.

Quel bonheur!... Ne viens-tu pas aussi?

MARIE.

Pas encore, je ne me coucherai pas de sitôt.
Va toujours, mon amie.

CLAIRE, embrassant sa sœur.

Bonsoir, chère sœur. Est-ce que papa est déjà
dans sa chambre?

MARIE.

Il est en voyage, j'oubliais de t'en parler.

CLAIRE.

En voyage !

MARIE, donnant la lettre à Claire.

Il te donne un baiser dans cette lettre, tu la
liras dans ta chambre.

CLAIRE.

J'aurais voulu me trouver ici à son départ.

MARIE.

Son voyage ne sera pas long. Allons! va, Claire,
va te coucher, mon enfant.

CLAIRE, embrassant encore sa sœur.

Je m'en vais, Marie. (Elle sort.)

SCÈNE XII.

MARIE, seule.

MARIE.

Heureuse enfant! bonne petite!... Oui, elle igno-
rera notre position le plus longtemps possible.

SCÈNE XIII.

MARIE. JEAN, portant une assiette avec des tartines
et un verre de vin chaud.

JEAN.

Je vous apporte un peu de vin, mademoiselle ;
il vous réchauffera. (Il pose l'assiette sur la table.)

MARIE.

C'était inutile, Jean ; cependant je te remercie)
de ton attention.

JEAN.

Il vous fera du bien, mademoiselle ; prenez-le
tandis qu'il est chaud.

MARIE, prenant le verre.

Je crains qu'il ne me fasse dormir.

JEAN.

Oh ! non...

MARIE, buvant à petits traits.

Maman a-t-elle pris le sien ?

JEAN.

Oui, mademoiselle, et je pense qu'elle passera
une assez bonne nuit.

MARIE.

Je l'espère ! Claire est partie lui dire bonsoir.

JEAN.

Je viens de la rencontrer.

MARIE.

Tu ne lui as parlé de rien, n'est-ce pas?

JEAN.

Soyez tranquille, mademoiselle.

MARIE.

Tu vas aller te reposer, Jean; il est tard.

JEAN.

Tandis que vous allez travailler!

MARIE.

Ne t'occupe pas de moi. Bonsoir, mon bon Jean.

JEAN, faisant quelques pas.

Bonsoir, mademoiselle.

MARIE.

Bonsoir, Jean. A demain!

JEAN, à part.

Elle croit que je vais me coucher. (Il sort.)

SCÈNE XIV.

MARIE, seule. Elle travaille à son tableau.

MARIE.

Oui! je le finirai... Madame Lelierre aime beaucoup à parler de son fils; elle en est fière... il est
si bon... il aime tant sa mère... J'espère que son
ami viendra chercher ce tableau demain. (Elle
pose son pinceau sur la table.) Je suis toute lourde,

j'ai eu tort de boire ce vin. (Elle tâche de se remettre à l'ouvrage.) Courage, Marie ! c'est pour les
plus chers objets de ton cœur que tu travailles.
(Elle fait de vains efforts pour se tenir éveillée, et s'en-
dort en préparant ses couleurs.)

SCÈNE XV.

MARIE, Elle dort, JEAN arrivant avec précaution
et trouvant Marie endormie, éteint la bougie et
s'assied à une certaine distance.

MARIE, rêvant.

Bonne mère, tu ne seras pas toujours malheureuse, tu es trop bonne !...

JEAN, s'approchant de Marie.

C'est un ange, il ne lui manque que des ailes.

MARIE, continuant son rêve.

Je ne veux pas que tu pleures, le voilà ! (Elle
étend les bras.) Quel bonheur ! (Elle s'éveille.)

JEAN, derrière Marie et à part.

Elle a vu mon maître.

MARIE, à moitié éveillée.

Ce n'est qu'un songe...

JEAN, s'approchant de Marie.

Pardon, mademoiselle.

MARIE.

Jean !...

JEAN.

Je crois aux songes, mademoiselle.

MARIE.

Que fais-tu ici ?

JEAN.

Vous venez de rêver de mon maître, n'est-ce
pas ?

MARIE.

Je crois que oui. Mais... il fait jour... quelle
heure est-il donc ?

JEAN.

Il est sept heures, mademoiselle,

MARIE, se levant.

Et je n'ai rien fait ! As-tu vu maman ?

JEAN.

Oui, mademoiselle, et elle déjeunera avec vous
aujourd'hui.

MARIE.

Quelle fête pour nous ! (On entend sonner.) Quelqu'un à cette heure ?...

JEAN.

C'est sans doute le facteur. (Il sort.)

SCÈNE XVI.

MARIE, seule. Elle va écouter à la porte.

MARIE.

Je tremble ! j'entends parler... (Elle met un peu d'ordre à sa toilette.) Qui ça peut-il être ?

SCÈNE XVII.

MARIE, CLAIRE, LAURE. (Ces deux dernières s'approchent de Marie, Claire tenant un joli bouquet, Laure portant une jolie corbeille de roses.)

CLAIRE, offrant son bouquet à Marie.

C'est aujourd'hui ta fête, chère sœur, et nous nous empressons de venir te souhaiter tout le bonheur que tu mérites. (Elle embrasse Marie, qui s'assied tout émue.)

LAURE, offrant à son tour sa corbeille.

Soyez heureuse, mademoiselle, et veuillez accepter ces fleurs comme un gage sincère de ma tendre amitié et des vœux que j'adresse au ciel pour votre bonheur.

MARIE.

Quelle agréable surprise vous me causez, mes enfants ! (Elle se lève à la vue de sa mère qui est

entrée inaperçue au moment où Laure offrait sa corbeille.) Quoi ! maman ici !...

SCÈNE XVIII.

MARIE, CLAIRE, LAURE, Mme GIRANDIÈRE.

Mme GIRANDIÈRE, s'approchant de sa fille.

Oui, mon enfant, c'est moi ; je n'ai pu résister
au plaisir de me joindre à ta sœur et à son amie.
Viens que je te presse à mon tour sur mon cœur.
(Elles s'embrassent.)

MARIE, donnant sa chaise à sa mère.

Tendre mère, combien votre présence vient
ajouter à ma joie ; asseyez-vous, car vous devez
encore vous sentir bien faible.

CLAIRE.

Veux-tu que j'aille te chercher quelque chose,
maman ?

Mme GIRANDIÈRE.

Merci, mon amie, je me trouve très bien. (A
Laure.) Bonjour, mon amour. (Elle l'embrasse.)

LAURE.

Je suis si heureuse de vous voir en meilleure
santé, madame.

Mme GIRANDIÈRE.

Merci, mon enfant... Comment se porte ta mère ?

LAURE.

Très bien, je vous remercie, madame; elle viendra vous voir ce matin.

Mme GIRANDIÈRE.

Elle me fera bien plaisir.

MARIE.

Nous la voyons si rarement. (Elle s'assied et prend une fleur de la corbeille; Claire embrasse encore sa mère.)

SCÈNE XIX.

LES MÊMES. JEAN, tenant une couronne de roses blanches, s'approche de Marie.

JEAN.

Permettez, mademoiselle, que je vous offre cette couronne.

MARIE.

Merci, mon bon Jean. Je ne mérite pas tant d'attention. (Elle pose sa couronne dans la corbeille.)

CLAIRE.

Tu mérites plus, chère sœur.

Mme GIRANDIÈRE prend la couronne et la pose sur la tête de Marie.

Viens, ma fille, que j'achève ce que Jean a si bien commencé. (Jean se frotte les mains de bonheur.)

MARIE.

Maman, que faites-vous ?

Mme GIRANDIÈRE.

Oh! que n'est-il donné à ton père de te voir
ainsi ! (On sonne. Jean sort.)

SCÈNE XX.

Les Mêmes, excepté JEAN.

MARIE.

C'est peut-être une lettre. (Claire va écouter à
la porte, Laure la suit ; elles parlent bas.)

CLAIRE.

C'est le facteur ! (On entend marcher.)

LAURE.

Voilà Jean, madame.

SCÈNE XXI.

Les Mêmes, JEAN. (Il apporte une lettre à Mme Girandière et se retire.)

Mme GIRANDIÈRE.

C'est une lettre de votre père, mes enfants!...
(Elle la lit.)

CLAIRE.

C'est pour ta fête, Marie; tout le monde pense
à toi.

Mme GIRANDIÈRE.

Tranquillisez-vous, mes enfants, votre père est arrivé à bon port ; il nous écrit de Calais, à huit heures du soir, ils ont fait la traversée en sept heures. (*Elle continue de lire sa lettre et paraît heureuse.*) Lis-la, Marie, et tu verras que ton père a bientôt l'espoir de nous rappeler auprès de lui.

MARIE, prenant la lettre.

Que dites-vous, maman ? Serait-il possible...

CLAIRE.

Quelle joie ! quel bonheur ! je vais le dire à Jean. (*Elle va à la porte, où elle aperçoit Jean qui passe dans le vestibule.*) Le voilà...

Mme GIRANDIÈRE.

Va lui apprendre cette bonne nouvelle.

LAURE.

Je n'ai jamais vu une plus heureuse fête.

CLAIRE, appelant en sortant.

Jean ! Jean !

JEAN, du fond du vestibule.

Oui, mademoiselle. (*Laure sort avec Claire, on les voit causer dans le fond du vestibule avec Jean.*)

SCÈNE XXII.

Mme GIRANDIÈRE, MARIE.

MARIE.

Je suis trop heureuse, maman, j'espère que tout se passera comme nous le désirons.

Mme GIRANDIÈRE.

J'ai autant d'espoir que ton père. (Elle aperçoit Jean qui arrive avec Claire et Laure; tous ont l'air bien joyeux.) Viens, mon fidèle Jean, viens te réjouir avec nous.

SCÈNE XXIII.

Les Mêmes, JEAN, CLAIRE, LAURE. (Jean s'approche de ses maîtresses, Claire embrasse sa mère, Laure prend la main de Marie.)

JEAN.

Je n'ai jamais ressenti une si vive joie.

MARIE.

Bon et excellent Jean.

LAURE, à Claire.

Je me réjouis de votre bonheur à tous; mais je serai bien malheureuse de vous perdre; je ne verrai peut-être plus jamais Claire. (Marie embrasse Laure, Jean les regarde joyeusement.)

Mme GIRANDIÈRE.

Bonne petite.

CLAIRE, s'approchant de Laure et l'embrassant.

Je ne veux pas te perdre pour toujours, tu viendras nous voir en France.

Mme GIRANDIÈRE, à Jean.

Va préparer le déjeuner, Jean ; et toi, Claire, va mettre le couvert.

CLAIRE.

Oui, maman. (Elle prend Laure par la main.)

LAURE, à Marie.

Vous trouverez une lettre dans cette corbeille, mademoiselle. (Jean ouvre la porte et sort après Laure et Claire.)

SCÈNE XXIV.

Mme GIRANDIÈRE, MARIE.

MARIE, prenant la lettre.

Une lettre ?

Mme GIRANDIÈRE.

C'est madame Lelierre qui t'écrit.

MARIE, donnant la lettre à sa mère.

Voulez-vous la lire, maman ?

Mme GIRANDIÈRE.

Tu veux que je te la lise, mon amie ? (Elle ouvre la lettre, Marie joue avec des fleurs.)

MARIE.

S'il vous plaît, maman.

Mme GIRANDIÈRE, lisant.

« A l'occasion de votre fête, ma bonne Marie, faites-moi le plaisir d'accepter ces fleurs, dont la couleur est, j'espère, l'emblème de votre existence future. J'ai reçu des nouvelles de mon fils cette semaine, il n'oublie pas votre fête ; car c'est lui qui me charge de vous envoyer cette corbeille de roses... »

MARIE.

Quelle attention, maman !

Mme GIRANDIÈRE.

Celle de son cœur, ma fille.

MARIE.

Maman !

Mme GIRANDIÈRE, continuant la lettre.

« Il me dit aussi de vous prier de tenir le tableau prêt pour après-demain, il ira le chercher avec son ami... »

MARIE.

Il sera fini. (A sa mère qui continue de lire, mais à voix basse.) Est-ce tout, maman ?

Mme GIRANDIÈRE, lui donnant la lettre.

Non, mais j'aime mieux que tu la finisses toi-même.

MARIE, après avoir lu la lettre.

Ah! maman. (Elle se jette dans les bras de sa mère.)

Mme GIRANDIÈRE.

Il te rendra la plus heureuse des femmes, mon enfant. (Marie met la lettre dans sa boîte, et arrange ses fleurs.)

SCÈNE XXV.

Les Mêmes, CLAIRE.

CLAIRE, arrivant en courant.

Le déjeuner est tout prêt.

MARIE.

Très bien.

CLAIRE, prenant le bras de sa mère.

Vous devez avoir besoin de prendre quelque chose, maman?

Mme GIRANDIÈRE.

Oui, mon amie, je me sens faible. (Elles sortent.)

ACTE TROISIÈME.

—

La scène est à Paris, dans un des salons
de M. Girandière.

—

SCÈNE I.

Mᵐᵉ GIRANDIÈRE, seule.

Mᵐᵉ GIRANDIÈRE, en grande toilette, les mains
jointes sur une table.

Il est enfin arrivé ce jour que j'ai tant désiré ;
ma chère Marie sera heureuse, je ne puis en
douter.

SCÈNE II.

Mᵐᵉ GIRANDIÈRE, Mᵐᵉ DARLANCOURT, JEAN.
(Il annonce cette dernière, qui s'avance vers Mᵐᵉ Girandière, qui se lève.)

JEAN.

Madame Darlancourt.

Mᵐᵉ GIRANDIÈRE, embrassant Mᵐᵉ Darlancourt.

Que je suis heureuse de vous voir ! je craignaist
que cette petite indisposition d'hier ne me privâ

de ce bonheur. (Elle lui offre un siége et s'assied à côté.)

Mme DARLANCOURT.

La promenade que j'ai faite vers le soir m'a remise. Combien j'aurais regretté de ne pouvoir prendre part à votre joie.

Mme GIRANDIÈRE, prenant la main de Mme Darlancourt.

Que vous êtes bonne ! Marie sera si charmée de vous voir !

Mme DARLANCOURT.

A quelle heure doit-on bénir l'union de ce charmant couple ?

Mme GIRANDIÈRE.

La cérémonie est fixée à midi ; mais je crois qu'il y aura du retard, car le fiancé et sa famille ne sont pas encore arrivés.

Mme DARLANCOURT.

Il n'est guère plus de onze heures, madame.

Mme GIRANDIÈRE.

Alors, la pendule du salon est bien en avance.

Mme DARLANCOURT.

Il y a déjà quelque temps que M. Lelierre est en France ?

Mme GIRANDIÈRE.

Il a quitté Londres avec sa mère et sa sœur quelques mois après nous.

Mme DARLANCOURT.

C'est le plus aimable des hommes, dit-on.

Mme GIRANDIÈRE.

Je lui trouve vraiment toutes les qualités.

Mme DARLANCOURT.

Votre excellente Marie, madame, aura un époux digne d'elle; habiteront-ils Paris?

Mme GIRANDIÈRE.

Ils passeront une grande partie de l'année en Angleterre, madame Lelierre restera à Paris, et son fils espère y avoir sa résidence dans quelques années.

SCÈNE III.

Les Mêmes, JEAN.

JEAN.

Les amies de mademoiselle sont au salon, madame.

Mme GIRANDIÈRE.

Je m'y rends. (Jean sort.)

SCÈNE IV.

Mme GIRANDIÈRE, Mme DARLANCOURT.

Mme GIRANDIÈRE.

Voulez-vous m'accompagner, madame?

Mme DARLANCOURT, *se levant.*
Avec beaucoup de plaisir. (Elles sortent par la porte du fond.)

SCÈNE V.

JOSÉPHINE, *seule. Elle entre à droite, tenant le voile de sa maîtresse qu'elle déplie et pose sur sa tête en s'admirant dans une glace.*

JOSÉPHINE.
Que mademoiselle Marie aura l'air joli ! quand je me marierai, je n'aurai pas de voile, moi. (Elle se regarde encore dans la glace.) Qu'il est élégant !

SCÈNE VI.

JOSÉPHINE ; JEAN, *entrant à gauche.*

JEAN.
Bravo ! bravo ! vous êtes charmante.

JOSÉPHINE, *ôtant le voile.*
Jean... je... c'est que... (Elle plie le voile.)

JEAN.
Mademoiselle Marie a sonné depuis longtemps.

JOSÉPHINE.
Ne lui dites rien, Jean.

JEAN.
Que voulez-vous que je lui dise ? vous êtes une enfant, voilà tout.

JOSÉPHINE.

Si j'étais riche, je me marierais tout de suite pour porter un beau voile.

JEAN.

Allez... allez..., petite folle. (Joséphine sort à gauche.) Oh! les femmes! (Il sort à droite.)

SCÈNE VII.

JEAN, M. GIRANDIÈRE. (Il entre par la porte du fond, et aperçoit Jean qui sort.)

M. GIRANDIÈRE.

Jean, mon ami, j'ai à te parler.

JEAN, revenant sur ses pas

Oui, mon maître.

M. GIRANDIÈRE, s'asseyant.

J'ai attendu à ce jour pour te donner une preuve de ma vive reconnaissance.

JEAN.

C'est moi, mon maître, qui dois vous témoigner ma gratitude.

M. GIRANDIÈRE.

Tu es le plus noble et le plus dévoué des serviteurs. Je veux te récompenser, mon cher Jean, je le peux, puisque mes biens me sont rendus : je te fais une rente de mille francs.

JEAN.

Merci, merci, mon maître, je n'en ai pas besoin, je désire mourir auprès de vous.

M. GIRANDIÈRE.

Eh bien! reste avec nous, accepte ce que je t'offre, et dès demain tu ne seras ici que pour donner mes ordres.

JEAN.

Mon digne maître, je serai votre serviteur toute ma vie.

M. GIRANDIÈRE, ôtant un feuillet de son carnet.

Nous en reparlerons; en attendant, prends ceci : si je meurs avant toi, tu ne seras pas malheureux.

JEAN.

Oh! que si, je serais malheureux! (On entend des pas.)

M. GIRANDIÈRE.

Va, on vient. (Jean sort à droite en essuyant une larme.)

SCÈNE VIII.

M. GIRANDIÈRE. VIRGINIE, MATHILDE, elles entrent à gauche.

M. GIRANDIÈRE; se levant.

Bonjour, mes chères demoiselles.

VIRGINIE.

Bonjour, monsieur. (Mathilde s'incline.)

M. GIRANDIÈRE, montrant le sofa.

Donnez-vous la peine de vous mettre.

VIRGINIE.

Merci, monsieur. (Elles s'asseient.)

M. GIRANDIÈRE.

Vous avez vu Marie, n'est-ce pas ?

VIRGINIE.

Nous venons de la quitter, elle va venir.

MATHILDE.

Elle est charmante dans sa toilette de noces ; elle ressemble à une des vierges que Raphaël a si bien peintes.

VIRGINIE.

Elle est vraiment adorable !

M. GIRANDIÈRE.

J'espère que vous suivrez son exemple, et que bientôt vous me ferez assister à votre mariage : vous serez deux autres vierges de Raphaël.

VIRGINIE.

Ah ! monsieur.

MATHILDE.

Quant à moi, je ne me marierai pas.

M. GIRANDIÈRE, riant.

C'est le langage des demoiselles qui n'ont jamais quitté leur mère, c'était celui de Marie.

VIRGINIE, apercevant Marie.

La voilà ! (Ils se lèvent.)

SCÈNE IX.

Les Mêmes, MARIE.

M. GIRANDIÈRE, prenant Marie par la main.
Te voilà prête, mon enfant.

MARIE, s'approchant de ses amies,
Oui, papa.

M. GIRANDIÈRE.
Ces dames et ces messieurs ne tarderont pas à venir; toutes les voitures sont prêtes.

MARIE.
Je suis inquiète: un domestique de madame Lelierre vient d'entrer, et de ma fenêtre je l'ai vu remettre une lettre à ma mère, qui est dans le jardin avec madame Darlancourt.

M. GIRANDIÈRE, l'air inquiet.
Je te laisse avec tes amies, et je vais voir. (Il sort.)

SCÈNE X.

Les Mêmes, excepté M. GIRANDIÈRE.

MARIE.
Si vous me le permettez, j'irai aussi trouver ma mère?

MATHILDE.
Certainement.

VIRGINIE.

Et reviens bien vite nous tirer d'inquiétude.
(Marie sort.)

SCÈNE XI.

VIRGINIE, MATHILDE, assises.

VIRGINIE.

Je tremble, Mathilde...

MATHILDE.

Et moi aussi... Que peut-il être arrivé?

VIRGINIE.

Rien qui vienne mettre obstacle au bonheur
de Marie, j'espère.

MATHILDE.

L'homme propose et Dieu dispose, ma chère
Virginie.

SCÈNE XII.

Les Mêmes, CLAIRE. (Elle entre en pleurant, ses
amies se lèvent et s'approchent d'elle.)

VIRGINIE.

Qu'y a-t-il?

MATHILDE.

Ha !

CLAIRE.

Venez, mes amies, venez, ma sœur a besoin de vos consolations.

VIRGINIE.

Claire, mon enfant?

MATHILDE.

Je t'en supplie, qu'est-il arrivé?

CLAIRE.

M. Lelierre s'est démis la jambe en montant en voiture.

MATHILDE.

Quel malheur! Où est Marie?

CLAIRE.

Dans sa chambre.

VIRGINIE.

Allons tout de suite auprès d'elle, nous tâche-rons, par nos caresses, d'adoucir sa peine. (Elles sortent.)

SCÈNE XIII.

Mme GIRANDIÈRE, Mme DARLANCOURT.

Mme GIRANDIÈRE.

Faut-il qu'un tel accident soit venu mettre ainsi le chagrin dans tous les cœurs. (Elle pleure.)

Mme DARLANCOURT.

Je vous en prie, consolez-vous; pensez qu'une telle chute pouvait le tuer. (Elles s'asseient.)

Mme GIRANDIÈRE.

J'en frémis!

Mme DARLANCOURT.

Vous avez entendu les paroles de votre demoiselle?

Mme GIRANDIÈRE.

Ma fille s'est résignée à tout avec le plus grand courage; sans elle, j'aurais succombé à mes douleurs.

Mme DARLANCOURT.

Quel bonheur pour vous d'avoir rencontré au milieu de toutes vos souffrances tant de consolations chez votre fille! (On entend marcher.)

Mme GIRANDIÈRE, se levant.

Voilà déjà mon mari de retour, nous aurons des nouvelles.

SCÈNE XIV.

Les Mêmes M. GIRANDIÈRE.

M. GIRANDIÈRE, à sa femme.

Rassure-toi.

Mme GIRANDIÈRE.

Souffre-t-il beaucoup?

M. GIRANDIÈRE.

Il a éprouvé de vives douleurs.

Mme DARLANCOURT.

Sa jambe est remise, n'est-ce pas, monsieur?

M. GIRANDIÈRE.

Oui, madame, l'opération n'était que finie quand je suis entré; c'est le chirurgien qui m'a rassuré.

Mme DARLANCOURT.

Pauvre jeune homme! comme il a dû souffrir.

Mme GIRANDIÈRE.

Et comme il doit être malheureux!

M. GIRANDIÈRE.

Il est si triste, qu'il n'a pu retenir ses larmes en me voyant.

Mme GIRANDIÈRE.

As-tu été tranquilliser notre pauvre enfant?

M. GIRANDIÈRE.

Elle était à la porte du jardin avec ses amies, elles attendaient toutes mon retour avec impatience; maintenant elles sont parties voir Henri.

Mme GIRANDIÈRE.

La présence de Marie lui fera peut-être mal.

M. GIRANDIÈRE.

Il désire la voir.

Mme DARLANCOURT.

Elle a tant de courage qu'elle le consolera.

Mme GIRANDIÈRE.

Vous avez raison; elle est toujours l'ange consolateur.

M. GIRANDIÈRE.

Puisque cette fête doit être remise, je vais donner de nouveaux ordres.

Mme GIRANDIÈRE.

Je vais te laisser, mon ami, et si madame veut m'accompagner, j'irai de mon côté prendre quelques nouveaux arrangements.

Mme DARLANCOURT.

Je voudrais pouvoir vous être utile, madame.

Mme GIRANDIÈRE.

Vous êtes bien bonne. (A son mari.) A tantôt, mon ami. (Elles sortent.)

M. GIRANDIÈRE, leur ouvrant la porte du fond.

Oui, je ne tarderai pas à aller vous rejoindre.

SCÈNE XV.

M. GIRANDIÈRE, JEAN.

M. GIRANDIÈRE, à la cantonade.

Est-ce toi, Jean?

JEAN, *entrant.*

Oui, mon maître.

M. GIRANDIÈRE.

Tu as donné mes ordres, n'est-ce pas ?

JEAN.

Oui, mon maître.

M. GIRANDIÈRE.

Il y aura huit personnes de moins au déjeuner, tu avertiras les domestiques.

JEAN.

Très bien, mon maître.

M. GIRANDIÈRE, *prenant une lettre de son porte-feuille.*

Tiens, envoie tout de suite cette lettre à son adresse.

JEAN, *regardant l'adresse.*

Voulez-vous que j'y aille moi-même ?

M. GIRANDIÈRE.

Je préfère que tu restes ici, ces messieurs ne tarderont pas à arriver ; mais envoie la lettre immédiatement.

JEAN, *en sortant.*

Oui, mon maître.

SCÈNE XVI.

M. GIRANDIÈRE, CLAIRE, CLÉMENCE.

M. GIRANDIÈRE.

Venez-vous me chercher, mes enfants?

CLAIRE.

Oui, papa; ces messieurs sont arrivés, ils sont au salon avec maman et Mme Darlancourt.

M. GIRANDIÈRE.

Je m'y rends à l'instant. (Fausse sortie; il revient sur ses pas.) Marie et ses amies ne sont pas de retour?

CLAIRE.

Pas encore, papa. (Il sort.)

SCÈNE XVII.

CLAIRE, CLÉMENCE, assises sur le sofa.

CLAIRE.

Je n'ai jamais été si contrariée, ma chère Clémence.

CLÉMENCE.

C'est réellement désolant!

CLAIRE.

Laure a dû bien pleurer aussi.

CLÉMENCE.

Ne la verrons-nous pas, cette pauvre amie?

CLAIRE.

Pas aujourd'hui, je pense; à moins que maman ne nous dise d'aller chez elle.

CLÉMENCE.

Si tu lui en demandais la permission?

CLAIRE.

J'en parlerai à Marie.

SCÈNE XVIII.

LES MÊMES, MARIE. (A la vue de Marie, les enfants se lèvent et courent vers elle.)

CLAIRE.

Eh bien! chère sœur?

MARIE.

Je pense qu'il guérira bien vite. (Elles s'embrassent.)

CLÉMENCE.

Quel bonheur!

MARIE.

Il a envie de te voir, veux-tu y aller avec Clémence?

CLAIRE.

De tout mon cœur.

6.

CLÉMENCE.

Je serai bien contente de voir Laure.

MARIE, sonnant.

Joséphine vous accompagnera, et vous deman-
derez à madame Lelierre la permission de ra-
menér Laure avec vous.

CLAIRE.

C'était notre désir.

CLÉMENCE.

Nous venions d'en parler.

SCÈNE XIX.

LES MÊMES, JEAN.

JEAN.

Vous avez sonné, mademoiselle?

MARIE.

Oui, Jean. Veux-tu dire à Joséphine de venir
me parler.

JEAN.

Est-elle dans votre chambre, mademoiselle?

MARIE.

Je n'en sais rien. (Jean sort.)

SCÈNE XX.

Les Mêmes, excepté JEAN.

MARIE.

Il ne faudra pas vous amuser, car on se mettra à table dans un quart d'heure.

CLAIRE.

Il y aura donc également un déjeuner?

MARIE.

Papa ne permettra à personne de se retirer avant. (Elle ôte son chapeau et son mantelet qu'elle pose sur la table.)

SCÈNE XXI.

Les Mêmes, JOSÉPHINE.

JOSÉPHINE.

Vous désirez me parler, mademoiselle?

MARIE, aux enfants.

Allez vous préparer. (Elles sortent.) (A Joséphine.) Je désire que vous accompagniez Claire et Clémence chez madame Lelierre.

JOSÉPHINE.

Très bien, mademoiselle.

MARIE.

Dépêchez-vous, n'est-ce pas? Voulez-vous prendre mon chapeau?

JOSÉPHINE.

Oui, mademoiselle. (Elle prend le chapeau et le mantelet, et sort.)

SCÈNE XXII.

MARIE, seule.

MARIE.

Je ne me sens pas la force de retourner auprès de mes amies. Que le déjeuner me paraîtra long! Je n'aurais pas dû quitter ce cher Henri et sa mère. Il pourra marcher dans un mois, dit-on, j'ai peine à le croire.

SCÈNE XXIII.

MARIE, VIRGINIE, MATHILDE.

MARIE, à ses amies qui entrent.

Pardon, mes amies, de n'être pas allée vous trouver comme je vous l'avais promis.

VIRGINIE.

Bonne Marie!

MATHILDE, prenant la main de Marie
Pourquoi nous faire des excuses?

MARIE, à Virginie.
Ne dois-tu pas te mettre en voyage avant quelques jours?

VIRGINIE.
Je le devais ; mais à présent je ne quitterai pas Paris avant d'avoir assisté à ton mariage.

MARIE.
Que tu es bonne ! (Elle lui prend la main.)

VIRGINIE.
Voilà quelqu'un.

MARIE.
On vient sans doute nous chercher.

SCÈNE XXIV.

Les Mêmes, Mme GIRANDIÈRE.

Mme GIRANDIÈRE.
On vous attend pour se mettre à table.

MARIE.
Les enfants sont-elles de retour ?

Mme GIRANDIÈRE.
Elles ne tarderont pas. (Prenant les mains de Virginie et de Mathilde.) Aujourd'hui, vous avez

pris part au chagrin de Marie, j'espère que dans quelque temps vous serez témoins de son bonheur.

VIRGINIE.

Je souhaite que ce jour ne tarde pas à arriver.

MATHILDE.

Je fais des vœux pour ton bonheur, Marie.

MARIE.

Merci, mes bonnes amies. Vous savez les souhaits que, de mon côté, je forme pour vous, ainsi que pour les auteurs de vos jours...... Je me résigne à ce nouveau coup qui me frappe : c'est la voie la plus sûre de trouver ici-bas, sinon le bonheur, du moins la paix et la tranquillité du cœur, qui en sont les premiers éléments.

FIN.